www.ingramcontent.com/pod-product-compliance
Lightning Source LLC
LaVergne TN
LVHW020448080526
838202LV00055B/5384

حیرت ناک کہانیاں

ایسے عجیب و غریب واقعات جو، خدا کرے
کسی دشمن کو بھی پیش نہ آئیں

مصنف:
ڈاکٹر جمیل جالبی

© Taemeer Publications
Hairat naak Kahaniyan *(Kids stories)*
by: Dr. Jameel Jalibi
Edition: April '2023
Publisher & Printer:
Taemeer Publications, Hyderabad.

ISBN 978-81-19022-75-5

مصنف یا ناشر کی پیشگی اجازت کے بغیر اس کتاب کا کوئی بھی حصہ کسی بھی شکل میں بشمول ویب سائٹ پر اَپ لوڈنگ کے لیے استعمال نہ کیا جائے۔ نیز اس کتاب پر کسی بھی قسم کے تنازع کو نمٹانے کا اختیار صرف حیدرآباد (تلنگانہ) کی عدلیہ کو ہو گا۔

© تعمیر پبلی کیشنز

کتاب	:	حیرت ناک کہانیاں
مصنف	:	ڈاکٹر جمیل جالبی
صنف	:	ادب اطفال
ناشر	:	تعمیر پبلی کیشنز (حیدرآباد، انڈیا)
زیر اہتمام	:	تعمیر ویب ڈیولپمنٹ، حیدرآباد
سالِ اشاعت	:	۲۰۲۳ء
تعداد	:	(پرنٹ آن ڈیمانڈ)
طابع	:	تعمیر پبلی کیشنز، حیدرآباد –۲۴
صفحات	:	۴۰
سرورق ڈیزائن	:	تعمیر ویب ڈیزائن

"پاپا! کیسی حیرت ناک باتیں ہیں یہ۔
آپ انہیں لکھ دیجیے ناں۔"

میں نے یہ واقعات سمیرا جمیل اور فرح جمیل کی فرمائش پر لکھے ہیں۔

اور

اسی لیے اس ننھی سی کتاب کو میں ان کے نام منسوب کرتا ہوں

جمیل جالبی

فہرست

(۱)   چھُن چھُن چھُن چھُن   7

(۲)   بید کی کہانی   24

چھُن چھُن چھُن چھُن

وہ سردیوں کی ایک تاریک اور بھیانک رات تھی۔ ہوا سائیں سائیں چل رہی تھی۔ گھر کے صحن کا نیم اتنے زور سے ہل رہا تھا کہ جانو اب گرا، اب گرا۔ آٹھ بجے تھے مگر یوں محسوس ہو رہا تھا کہ جیسے آدھی رات گزر چکی ہے۔ میں اس زمانے میں سیکنڈ ایر کا طالب علم تھا۔ "زینت" فلم تین دن پہلے شہر کے مشہور سنیما "جگت ٹاکیز" میں لگی تھی۔ اس پر اتنا رَش تھا کہ ٹکٹ ملنا مشکل تھا۔ ہمارے چچا جو سنیما کے بے حد رَسیا تھے، نہ معلوم ٹکٹ کہاں سے اور کیسے لے آئے؟ دفتر سے آتے ہی انہوں نے اعلان کیا کہ آج ہی سیکنڈ شو میں چلنا ہے۔ اس زمانے میں دوسرا شو رات کے دس ساڑھے دس بجے شروع ہوتا تھا اور ایک ڈیڑھ بجے کے قریب ختم ہوتا تھا۔ گھٹا اور تیز ہوا کو دیکھ کر ہم سب کے دِل بیٹھے جا رہے تھے کہ کہیں بارش نہ ہو جائے اور سنیما کا پروگرام دَھرا کا دَھرا رہ جائے۔ ہُوا یہ کہ نو بجے کے قریب ہَوا رُک

گئی۔ بادل چھٹ گئے اور موسم بہتر ہو گیا۔ گھر سے سنیما زیادہ سے زیادہ میل بھر کے فاصلے پر ہوگا۔ کھانا کھا کر ہم سب لوگ پیدل روانہ ہو گئے۔ ابھی تھوڑی دور ہی چلے تھے کہ چچا نے کہا "جمیل میاں! بھیا سے بید تو لے آؤ۔ میں بید لینے بھیا کے پاس پہنچا تو انھوں نے کہا کہ "تمھارے چچا بہت بھلکڑ ہیں۔ یہ بید جو میرے باپ کی نشانی ہے میں ان کو نہیں دوں گا۔" میں نے جا کر چچا سے کہا تو وہ بید لینے خود ہی آ گئے اور کہا "بھیا! آپ فکر نہ کریں۔ بید واپس آ جائے گی۔" میں نے بھی ہاں میں ہاں ملائی اور وعدہ کیا کہ میں بھی چلتے وقت چچا کو یاد دلا دوں گا۔ آپ اطمینان رکھئے بید واپس آ جائے گی۔ مجبوراً بھیا نے بید چچا کے ہاتھ میں تھما دی اور ہم تیزی سے چلتے ہوئے خاندان کے دوسرے افراد سے آ ملے، جو ابھی مسجد تک ہی پہنچے تھے۔ یہ مسجد ہمارے گھر سے کوئی دو سو گز کے فاصلے پر ہو گی۔ اس سے دو سو گز کے فاصلے پر ایک اندھا کنواں تھا جو "بابو کا کنواں" کہلاتا تھا۔ مشہور تھا کہ اس میں ایک "سر کٹا" رہتا ہے جو اندھیری رات میں ایک آدھ مرتبہ کنویں سے نکلتا ہے اور رات گئے محلّے کے دروازوں پر دستک دیتا ہے۔ کنویں کے پیچھے گوروں کا قبرستان تھا اور

اس کے بعد گرجا تھا جس کا بڑا دروازہ ٹھنڈی سڑک پر کھلتا تھا۔ جگت سینما جانے کے لئے بابو کے کنویں کو پار کر کے گرجا کی دیوار کے برابر ایک پتلی سی سڑک پر سے گزرنا پڑتا تھا۔ پھر ایک پُلیا آتی تھی جو اس تنگ سڑک کو ٹھنڈی سڑک سے ملا دیتی تھی۔ سڑک کے دونوں طرف اونچے اونچے پُرانے گھنے درخت لگے تھے۔

جب ہم راستہ طے کر کے ٹھنڈی سڑک پر آئے تو محسوس ہوا کہ رات بہت ہو گئی ہے۔ گھنے درختوں نے تاریکی کو اور تاریک کر دیا تھا۔ ہم سب کی رفتار تیز ہو گئی۔ آگے سو گز کے فاصلے پر، سیدھے ہاتھ کی طرف، ایک اسکول تھا اور بائیں طرف ایک میدان، جو سڑک کی سطح سے تقریباً آٹھ نو فٹ نیچائی میں تھا۔ یہ نیچا علاقہ یا نشیبی میدان "ڈِگّی" کے نام سے مشہور تھا۔ برسات ہوتی تو یہ تالاب بن جاتا۔ گرمیاں آتیں تو گھاس کا قطعہ یا ٹکڑا بن جاتا۔ اس کے جنوب میں کچھ کچے مکانات تھے، جن میں گھوسی اور گوجر رہتے تھے۔ ان مکانوں میں کہیں کہیں روشنی دکھائی دے رہی تھی۔ گرجا سے بیگم پُل تک سڑک بالکل سیدھی تھی۔ اسکول کے بعد سے دو دو فرلانگ کے فاصلے پر بجلی کے کھمبے لگے ہوئے تھے۔ بیگم پُل پر روشنی زیادہ تھی۔ ایک تو یہاں کئی دکانیں تھیں جن پر گیس کی لالٹینیں جل رہی تھیں اور دوسرے اس سڑک پر دو

سنیما واقع تھے جن میں سے ایک جگت ٹاکیز تھا۔ جب ہم سنیما کی چار دیواری میں داخل ہوئے تو بہت بھیڑ تھی۔ پہلا شو ختم ہو چکا تھا اور دوسرا شو شروع ہونے والا تھا۔ ہم جلدی سے ٹکٹ لے کر اندر داخل ہوئے اور اپنی اپنی سیٹوں پر بیٹھ گئے۔ سب سے آخری صف میں ہماری سیٹیں تھیں اور آخری سیٹ بالکل دیوار سے ملی ہوئی تھی۔ چچا اسی سیٹ پر بیٹھ گئے۔

سنیما ختم ہوا تو رات کا سوا بج چکا تھا۔ جماہیاں لیتے، سُوں سُوں کرتے اور تیز تیز چلتے ہم گھر پہنچے اور یہاں پہنچ کر چچا کو یاد آیا کہ وہ بید سنیما میں بھول آئے ہیں۔ غضب ہو گیا۔ ان کے پیروں تلے کی زمین نکل گئی۔ انہوں نے التجا بھری نظروں سے میری طرف دیکھا اور کہا کہ "جمیل میاں جلدی سے سائیکل پر چلے جاؤ اور بید لے آؤ۔ شاباش"۔ ایک تو چچا کا رعب۔ پھر ان کا یہ احسان کہ انہوں نے ہمیں سنیما دکھایا اور دوسرے یہ کہ بید واپس لانے کی ذمہ داری میری بھی تھی۔ میں نے اچھا کہا اور جلدی سے زینے کے نیچے کھڑی سائیکل کی طرف بڑھا۔ میں نے اپنے بھائیوں میں سے ایک سے کہا بھی کہ وہ میرے ساتھ چلے مگر وہ نہایت بے مروّتی سے انکار کر کے اپنے کمرے میں چلا گیا اور اندر سے دروازہ بند کر لیا۔ میں نے سائیکل اٹھائی مگر جیسے ہی اس پر سوار ہوا،

مجھے محسوس ہوا کہ اس کا پہیہ زمین سے لگ رہا ہے۔ دیکھا تو پہیے میں ہوا نہیں تھی۔ میں نے غصّہ میں آکر سائیکل کو وہیں پٹخا اور پیدل روانہ ہو گیا۔

مسجد — بابو کا کنواں — گرجا — گرجا کی دیوار — ٹھنڈی سڑک — ڈِگّی — بیگم کا پُل — اور سنیما — منیجر صاحب ابھی موجود تھے۔ اُن سے کہا۔ وہ چچا کو جانتے تھے۔ ایک آدمی انہوں نے میرے ساتھ کر دیا۔ میں اندر گیا اور اس سیٹ کی طرف بڑھا جہاں چچا بیٹھے تھے۔ بید دیوار سے لگی تنہا کھڑی تھی۔ اُسے دیکھ کر دَم میں دَم آیا اور میں منیجر صاحب کا شکریہ ادا کر کے گھر کی طرف چلا۔ سنیما سے بیگم پُل پر آیا اور پھر آگے بڑھا۔ ہوا تیز ہو گئی تھی۔ چاروں طرف ہُو کا عالم تھا۔ نہ آدم نہ آدم زاد۔ ڈِگّی کے قریب آیا تو کچے مکانوں میں سے ڈھولک اور گاتے ناچنے کی آوازیں آرہی تھیں۔ میں آگے چلا اور اسکول کے قریب آیا۔ یہاں بجلی کے کھمبے ختم ہو جاتے تھے اور تاریکی بڑھنے لگتی تھی۔ مجھے یوں لگا جیسے میں کسی سُرنگ میں سے گزر رہا ہوں۔ میرے قدموں کی رفتار تیز ہو گئی تھی۔ میں چاہتا تھا کہ یہ فاصلہ جس قدر جلد طے ہو جائے، اچھا ہے۔ رات کی اس گہری تاریکی میں سے گزرتے ہوئے مجھے ہر وہ آواز خوفزدہ کر رہی تھی جو

اس لمبی چوڑی دنیا میں ہوا کے ظلم کے خلاف اٹھ رہی تھی۔

ابھی میں تھوڑی دور ہی چلا ہوں گا کہ میں نے محسوس کیا کہ گھونگھروؤں کی سی آواز میرے پیچھے سے آرہی ہے۔ چھُن چھُن، چھُن چھُن، چھُن چھُن۔ یہ آواز ایسی تھی جیسے گھنگھرو کسی پالتو جانور کے پیروں میں بندھے ہوں اور اس کے چلنے سے چھُن چھُن کی آواز پیدا ہو رہی ہو۔ میں نے مڑ کر دیکھا تو ایک بکری جیسا جانور مجھ سے چند گز کے فاصلے پر تھا۔ وہ میرے پیچھے پیچھے آ رہا تھا۔ اسے دیکھ کر میری رفتار خود بخود تیز ہو گئی۔ میری رفتار کے ساتھ اس بکری نما جانور نے بھی اپنی رفتار تیز کر دی۔ میں یہ سمجھا کہ شاید ڈِگّی میں رہنے والے گھوسیوں کی یہ بکری ہے جو کھُل گئی ہے اور چلتے چلتے یہاں سڑک پر آ گئی ہے۔ اب میں نے محسوس کیا کہ چھُن چھُن چھُن کی یہ آواز میرے قریب آ گئی ہے۔ اس وقت میرا بُرا حال تھا۔ ایک ایک قدم سَو سَو من کا ہو گیا تھا۔ میں اپنے خیال میں بہت تیز چل رہا تھا۔ ڈِگّی سے پُلیا کا فاصلہ، جو پلک جھپکتے میں طے ہو جاتا تھا، اب میلوں کا فاصلہ معلوم ہو رہا تھا۔ میں نے اپنی رفتار کو اور تیز کر دیا۔ بکری نما جانور نے بھی اسی حساب سے اپنی رفتار تیز کر دی۔ مجھے محسوس ہوا کہ یہ آواز اب مجھ سے بہت قریب ہو گئی

ہے ۔ میں جلدی سے سڑک سے ہٹ کر کچے میں ہو گیا۔ آیۃ الکرسی جو مجھے یاد تھی اس وقت پوری کوشش کے باوجود یاد نہ آئی۔ درود پڑھنے کی کوشش کی وہ بھی یاد نہ رہا۔ بدحواسی کا عالم تھا۔ چاروں طرف سناٹا، تاریک رات، سائیں سائیں کرتی تیز ہوا پیپل کے پتوں کا بھیانک شور۔ ابھی میں کچے میں دو چار قدم چلا ہوں گا کہ کیا دیکھتا ہوں وہ بکری نما جانور ژوں ژوں کی آواز کے ساتھ ہوا میں اُڑا اور میرے سر پر سے گزرتا ژوں ژوں کرتا چھن سے سڑک پر اُترا۔ اب وہ میرے سامنے تھا۔ میں کچے میں چل رہا تھا اور وہ سڑک پر چلتا ہوا میری طرف بڑھ رہا تھا۔ چھُن چھُن چھُن چھُن چھُن چھُن چھُن چھُن چھُن۔ اب میں نے دیکھا کہ اس کا رنگ رات کی طرح سیاہ ہے۔ لمبے لمبے سینگ ہیں اور وہ بچھڑے کے برابر ایک بکری جیسا جانور ہے۔ اس کی آنکھیں بلّی کی آنکھوں کی طرح اندھیرے میں چمک رہی تھیں۔ وہ برابر میری طرف بڑھ رہا تھا۔ چھُن چھُن چھُن چھُن۔ میں ٹھہر گیا وہ چلتا رہا اور جب وہ مجھ سے چند گز کے فاصلے پر رہ گیا تو پھر ژوں کی آواز کے ساتھ ہوا میں اُٹھا اور میرے سر پر سے گزرتا چھُن سے سڑک پر اُترا اور پھر چھُن چھُن چھُن کرتا میرے پیچھے آنے لگا۔ اب میں نے محسوس کیا کہ وہ بھی کچے میں چل رہا ہے۔ میں پکی سڑک پر آگیا۔ کچھ دیر بعد میں نے محسوس کیا کہ وہ بھی

سڑک پر آگیا ہے۔ میں پھر کچے میں آگیا۔ یہ ذرا سا فاصلہ میرے لئے قیامت کا فاصلہ بن گیا تھا۔ مجھے معلوم نہیں کہ میں چل رہا تھا۔ رینگ رہا تھا یا کھڑا تھا۔ اسی اثنا میں وہ پھر ژُوں کی آواز سے ہوا میں اٹھا اور میرے قریب ہی چھُن سے زمین پر اُترا۔ اب اس کا یہ عمل تیز ہو گیا۔ وہ ژُوں سے اڑتا اور چھُن سے اترتا، پھر ژوں ژوں کرتا اڑتا اور چھُن سے اُترتا۔ کبھی پیچھے کبھی آگے۔ میں ایک قدم چلتا تو وہ میرے سامنے ہوتا۔ میں دو قدم پیچھے ہٹتا تو وہ میرے پیچھے ہوتا۔ پُلیا ابھی چالیس پچاس گز کے فاصلے پر تھی۔ فاصلے کا یہ اندازہ میں آج لگا سکتا ہوں۔ اس دن تو وہ مجھے چالیس پچاس میل سے بھی زیادہ معلوم ہو رہا تھا۔

اس بار جب وہ ژوں کی آواز سے ہوا میں اٹھا اور چھُن سے زمین پر اُترا تو میں نے محسوس کیا کہ وہ مجھ سے کچھ دُور اُترا ہے۔ میں نے سوچا بہتر یہ ہے کہ اپنی ساری قوتوں کو جمع کر کے تیزی سے بھاگنے کی کوشش کی جائے۔ چھُن چھُن چھُن چھُن چھُن چھُن چھُن چھُن کی آواز میرے پیچھے سے میری طرف بڑھ رہی تھی۔ میں سر پر پاؤں رکھ کر بھاگا۔ کلمہ پڑھتا جاتا تھا اور بھاگتا جاتا تھا۔ بھاگتا جاتا تھا اور کلمہ پڑھتا جاتا تھا۔ اسی اثنا میں پھر ژُوں کی آواز آئی اور وہ میرے سر پر سے ہوتا ہُوا

پھر ایک بار مجھ سے چند گز کے فاصلے پر چھن سے زمین پر اترا اور میری طرف بڑھنے لگا۔ میں بھاگتا رہا۔ بھاگتا رہا۔ اتنے میں پلیا آگئی۔ میں جلدی سے اس پر آیا اور گرجا کی دیوار سے لگا لگا بھاگتا ہوا "بابو کے کنویں" کے پاس آیا۔ وہ میرے پیچھے پیچھے آرہا تھا اتنے میں پھر ڑوں کی آواز آئی اور وہ میرے سر پر سے اڑتا ہوا مجھ سے پہلے اس کنویں کے چبوترے پر آکر کھڑا ہو گیا۔ اس کی آنکھیں چمک رہی تھیں اور وہ بُت کی طرح بے حس و حرکت کھڑا تھا۔ اتنے میں کیا دیکھتا ہوں کہ وہ غائب ہو گیا اور پھر اسی جگہ سے کفن کے سے لباس میں لپٹا، بغیر سر کے ایک آدمی، میری طرف آرہا ہے۔ بابو کا کنواں میرے بائیں طرف تھا۔ میں دائیں طرف کو ہو کر پھر تیزی سے بھاگا۔ میری چیخ نکل گئی۔ میں چیختا جاتا تھا اور بھاگتا جاتا تھا۔ اتنے میں مسجد کے قریب پہنچ گیا۔ مسجد سے میدان اور پھر گھر۔ میں نے جلدی سے دروازہ کھولا۔ اندر سے کنڈی لگائی اور جلدی سے لحاف میں دبک گیا۔ جیسا کہ پہلے زمانے کے مکانوں میں ہوتا تھا میرے کمرے کا دروازہ گھر سے باہر کی طرف بھی کھلتا تھا۔ ہرے رنگ کا چھوٹا سا بلب کمرے میں روشن تھا۔ سامنے میز پر میری کتابیں اور کالج نوٹ بک رکھی تھی۔ میرا سانس پھول رہا تھا۔ جسم کا سارا خون خشک ہو گیا تھا۔

میں نے لحاف کو سر تک تان لیا۔ کچھ دیر طرح طرح کے ڈراؤنے خیالات مجھے پریشان کرتے رہے اور پھر نہ معلوم میں کب سو گیا۔

ابھی سوئے ہوئے مجھے کچھ دیر ہی ہوئی ہو گی کہ اچانک میز پر سے کتاب کے گرنے اور کرسی کے کھینچے جانے کی آواز سے میری آنکھ کھل گئی۔ میں نے لحاف منہ پر سے اتارا اور دیکھا کہ ایک لمبے قد کی خاتون، گہرے سرخ رنگ کی ساڑھی پہنے، میری طرف پیٹھ کئے، میز پر جھکی ہوئی، میری کالج نوٹ بک کے ورق اُلٹ پلٹ رہی ہے۔ یا اللہ۔ یہ کون ہے؟ اس قد اور جسم کی تو کوئی عورت ہمارے خاندان میں نہیں ہے۔ اور پھر رات گئے میرے کمرے میں آنے کے کیا معنی ہیں؟ کچھ دیر وہ اسی طرح جھکی کھڑی رہی۔ پھر اس نے پنسل سے کاغذ پر کچھ لکھا۔ لکھ کر کاغذ کو پھاڑا اور تہ کر کے اپنے سینے میں رکھ لیا۔ یہ کر کے وہ میری طرف مڑی۔ اسے دیکھ کر میرا دم ہی تو نکل گیا۔ بِلّی کی سی آنکھیں۔ ضرورت سے زیادہ چوڑی پیشانی اور بہت ہی لمبی ناک جو طوطے کی چونچ کی طرح آگے کو مڑی ہوئی تھی۔ دہانہ سُور کی طرح گول اور تنگ۔ اس نے شاید محسوس کیا کہ میں لحاف میں سے اُسے دیکھ رہا ہوں۔ وہ میرے پلنگ کے قریب آئی اور بُت کی طرح بے حس و حرکت

کھڑی ہو گئی ۔ بہت دیر تک وہ اسی طرح کھڑی رہی ۔ میں دم سادھے لحاف میں چُپ چاپ لیٹا تھا ۔ نہ آواز نکال سکتا تھا اور نہ کسی کو مدد کے لئے بلا سکتا تھا ۔ کچھ دیر بعد وہ میری پٹّی سے ہٹی اور میز کی طرف گئی اور کھونٹی پر ٹنگی ہوئی بید کو اٹھا کر گھمانے لگی ۔ گھُماتے گھُماتے وہ پھر میرے پلنگ کی طرف آئی ۔ اس کے چلنے سے چھُن چھُن چھُن چھُن کی وہی آواز میرے کانوں میں آنے لگی ۔ وہ اسی طرح بہت دیر تک بُت بنی میرے پلنگ سے لگی کھڑی رہی، پھر اس نے بید کی نوک سے میرے لحاف کو اُتارنے کی کوشش کی ۔ مجھے یوں معلوم ہو رہا تھا کہ اب دَم نکلا ۔ اب دَم نکلا ۔ میں نے لحاف کو اور زور سے دبا لیا ۔ کچھ دیر تک وہ یہی کرتی رہی ۔ جیسے ہی وہ لحاف اتارنے کی کوشش کرتی ، میں پوری قوت سے لحاف کو دبا لیتا ۔ میں سوچ رہا تھا یا اللہ آج صبح کب ہو گی ۔ یہ بھیانک تاریکی کب ختم ہو گی ۔ باہر تیز ہوا چل رہی تھی ۔ صحن میں کھڑا نیم اور ہوا کی سائیں سائیں خوف کو اور بڑھا رہے تھے ۔ چھت پر دو بلّیاں لڑ رہی تھیں، جن کی ڈراؤنی آواز مجھے مارے ڈال رہی تھی ۔ میں نے محسوس کیا کہ شاید آج میری زندگی کی یہ آخری رات ہے ۔ کوئی بھی تو ایسا نہیں تھا جو میری مدد کو آ سکے اور اس بلا سے مجھے

نجات دلائے۔ میں نے دل ہی دل میں حساب لگایا کہ سوا بجے سنیما ختم ہوا۔ پونے دو بجے ہم گھر پہنچے، پھر میں بیدلینے سنیما گیا اور پھر اس کے بعد چھُن چھُن چھُن چھُن چھُن والا واقعہ پیش آیا تو گویا تین بجے میں گھر آگیا ہوں گا اور کم از کم ایک ڈیڑھ گھنٹے میں سویا بھی، تو پھر اس وقت ساڑھے چار تو ضرور بجنے چاہئیں۔ ابھی تک کوئی مرغا بولا اور نہ زبیر (موذّن) نے اذان دی۔ وہ گھوسی جو صبح تڑکے ہی اپنی گائیں ہماری گلی میں سے لے جاتا تھا، آج وہ بھی نہیں آیا۔ یا اللہ یہ رات کیسے گزرے گی؟ اب کیا بجا ہوگا؟ کیا ابھی صبح نہیں ہوئی؟ کیا آج صبح نہیں ہوگی؟ چھت پر بلّیاں پھر لڑنے لگیں۔ اتنے میں مَیں نے دیکھا کہ وہ میرے پلنگ سے ہٹ کر پھر میری میز کی طرف جارہی ہے۔ میز پر پہنچی اور جھُک کر میری کالج کی نوٹ بک کے ورق الٹنے پلٹنے لگی۔ کچھ دیر اسی طرح کرتی رہی۔ پھر میز پر رکھی ہوئی انگلش اُردو لُغت کو اٹھایا اور اسے آتشدان پر رکھ دیا۔ کُرسی کو کھینچا اور اس پر بیٹھ گئی اور پھر کچھ لکھنے لگی۔ بہت دیر تک وہ لکھتی رہی اور پھر پہلے کی طرح ورق پھاڑا، تہ کیا اور اسے اپنے سینے میں اُڑس لیا۔ اس کام سے فارغ ہوکر اس بار وہ میرے سرہانے کی طرف آئی اور پوری قوت

سے میرے مُنھ پر سے لحاف آتارنے لگی۔ اِدھر وہ زور لگاتی، اُدھر میں پوری طاقت سے لحاف کو دباتا۔ میں نے محسوس کیا کہ اس کی اُنگلیوں کی پکڑ سخت ہو گئی۔ لمبے لمبے ناخن لحاف میں گڑ گئے۔ اس بار اس نے پوری کوشش سے لحاف کو میرے مُنھ پر سے اُتار دیا اور اسی کوشش میں جھر سے لحاف کے پھٹنے کی آواز میرے کانوں میں آئی۔ اب میرا منہ کھُلا تھا اور میں اس کے رحم و کرم پر پلنگ پر پڑا تھا۔ کچھ ہی دیر بعد وہ میرے سرہانے بیٹھ گئی اور میرے بالوں میں انگلیاں پھیرنے لگی۔ جب وہ انگلیاں پھیرتی تو میرے سر میں مرچیں سی لگنے لگتیں۔ ایک بار تو اس نے اتنی زور سے ناخن گڑائے کہ میں نے محسوس کیا کہ میرے سر کی ساری کھال اُتر گئی ہے۔ کبھی وہ زمین پر پیر مارتی تو وہی چھُن چھُن کی آواز میرے کانوں میں آنے لگتی۔ میں دَم سادھے یونہی لیٹا رہا۔ وہ میرے سر کو اسی طرح سہلاتی رہی۔ رہ رہ کر مجھے خیال آتا کہ آج شاید صبح نہیں ہو گی۔ زبیر آج سوتے ہی رہیں گے۔ روشن دان کی طرف دیکھا تو رات کی سیاہی روشنی میں تبدیل ہو رہی تھی۔ وہ اسی طرح انگلیاں چلاتی رہی اور میں چُپ چاپ اس کی انگلیوں سے پیدا ہونے والی تکلیف کو برداشت کرتا رہا کہ اتنے میں اذان کی آواز میرے کانوں میں آئی۔ اذان کی آواز سنتے ہی وہ اُٹھی۔ بید اس کے ہاتھ میں تھی۔ اُس نے دروازہ کا رُخ

گیا۔ کنڈی کھولی۔ دروازہ دھڑ سے بند کیا، اور باہر نکل گئی۔ میں اسی طرح پلنگ پر پڑا رہا۔ میری ہمت جواب دے چکی تھی۔ پلنگ سے اُٹھ کر کنڈی لگانے کی بھی مجھ میں ہمت نہیں تھی۔ کچھ دیر بعد دودھ والے نے دروازہ کھٹکھٹایا۔ میں ڈرتے ڈرتے دروازے کی طرف گیا۔ جلدی سے کُنڈی لگا دی اور آواز دی۔ کون ہے؟ جواب آیا "بھیّا! شبراتی"۔ میں نے برتن دیا۔ دودھ لیا اور واپس آ کر پلنگ پر بیٹھ گیا۔ میں نے دیکھا کہ کوئی چیز میرے گالوں پر جم گئی ہے۔ ہاتھ پھیرا تو وہ خون تھا جو میرے سر سے بہہ کر گالوں تک آگیا تھا۔ لحاف دیکھا تو وہ پھٹ گیا تھا۔ آئینہ اٹھایا تو سر میں ایک زخم تھا اور بید — وہ بھی غائب تھی۔ کالج نوٹ بک کے دو کاغذ پھٹے ہوئے تھے اور کئی صفحات پر کرم کانٹے سے بنے ہوئے تھے اور پھر یہ ہوا کہ میرے سر کے بال تیزی سے گرنے لگے اور زخم کا وہ نشان آج تک میرے سر میں موجود ہے۔

پہلے میں بھوتوں، پلیتوں، چڑیلوں، سرکٹوں، بدروحوں اور چھل پیریوں پر یقین نہیں رکھتا تھا لیکن اُس دن سے یہ حال ہے کہ مجھے چاروں طرف یہی مخلوق نظر آتی ہے۔ معلوم نہیں آپ کیا سوچتے ہیں؟

بید کی کہانی

وہ ایک تاریک برفانی اور خوفناک رات تھی۔ شام کو گھر کر بادل آئے۔ دیکھتے ہی دیکھتے بارش شروع ہوگئی اور گرج چمک کے ساتھ اولے پڑنے لگے۔

تیز برفانی ہوائیں جسم کے پار ہوتی جاتی تھیں۔ شام ہی سے سڑکیں سنسان ہوگئی تھیں۔ دُور دُور تک نہ آدم نظر آتا تھا نہ آدم زاد۔ تیز ہوا سے پیڑ ہل رہے تھے، جن کی سائیں سائیں سے وحشت میں اور اضافہ ہوگیا تھا۔

میں نے شام ہی سے آتشدان میں آگ جلا دی اور لحاف میں گھس کر بیٹھ گیا۔ "چھُن چھُن" والے واقعے کے بعد سے ہمارا بوڑھا ملازم مظہر بابا میرے ساتھ کمرے میں سونے لگا تھا۔ بابا ابھی عشاء کی نماز پڑھ رہا تھا کہ مجھے نیند آنے لگی۔ میں نے کتاب بند کی، لحاف سر تک تان لیا اور سو گیا۔ ابھی مجھے سوئے ہوئے چند گھنٹے گزرے ہوں گے کہ باہر سے کنڈی کھٹکھٹانے کی آواز سے میری آنکھ کھُل گئی۔ پہلے میں یہ سمجھا کہ کنڈی شاید تیز ہوا سے

ہل رہی ہے لیکن کچھ ہی دیر بعد مجھے لگا کہ جیسے باہر کوئی ہے اور زور زور سے کنڈی بجا رہا ہے۔ پہلے رُک رُک کر اور پھر اس کے بعد جو اس نے زور زور سے کنڈی بجانی شروع کی تو معلوم ہوتا تھا کہ کنڈی چند جھٹکوں میں ہاتھ میں آ جائے گی۔ میں دَم سادھے پڑا رہا۔ خوف کے جال نے مجھے اپنی لپیٹ میں لے لیا تھا۔ بابا اٹھ کر بیٹھ گیا اور کھنکھارنے لگا۔ پھر آواز دی۔

"کون ہے؟"

بابا کی آواز کے ساتھ ہی کنڈی کی آواز بند ہوگئی اور دروازے پر بید مارنے کی آواز آنے لگی۔ بابا اٹھا۔ دروازے کی طرف بڑھا، پھر آواز دی۔ کون ہے؟ اور دروازہ کھول کر باہر جھانکا۔ دروازہ کھلتے ہی تیز ہوا زنّاٹے کے ساتھ اندر داخل ہوئی۔ ذرا سی دیر میں کمرہ ہوا سے بھر گیا۔ پھر یہ ہُوا کہ ایک چیختی چلاتی آواز کے ساتھ ہوا بگولے کی طرح سارے کمرے میں چکر کاٹنے لگی اور پھر ایک دم سے ایسے نکل گئی جیسے غبارے میں سے ہوا نکل جاتی ہے۔ چند لمحوں کی اِس ہَوا نے کمرے کی ہر چیز کو اُلٹ پلٹ کر دیا۔ گلدان زمین پر گر پڑا۔ دیوار پر لٹکی ہوئی تصویر دھڑام سے زمین پر آ گری۔ ہوا کے نکلتے ہی مظہر بابا نے جلدی سے دروازہ بند

کیا اور پھر آواز دی۔

"کون ہے؟"

لیکن کوئی جواب نہیں آیا۔ کچھ دیر بابا کھڑا رہا، پھر آکر پلنگ پر لیٹ گیا۔ مجھے آواز دی۔ میں نے کوئی جواب نہیں دیا۔ اسی طرح چپ چاپ دم سادھے پڑا رہا۔ میں نے محسوس کیا کہ بابا کچھ پڑھ رہا ہے۔ پھر اس نے تین تالیاں بجائیں اور کچھ ہی دیر بعد خرّاٹے لینے لگا۔ میں بہت دیر تک جاگتا رہا اور پھر نہ معلوم کب میری آنکھ لگ گئی۔ اس واقعہ نے کئی دن تک مجھے پریشان کئے رکھا۔ بابا نے بتایا کہ یہ بد روحیں ہوتی ہیں جو ویران راتوں میں بستی والوں کو پریشان کرنے آنکلتی ہیں۔

اس واقعہ کے کوئی تین ہفتے بعد میں رات کو ہوسٹل سے گھر آ رہا تھا۔ عشاء کا وقت ہوگا۔ سلیم احمدؔ پھاٹک تک میرے ساتھ آئے۔ پنواڑی کی دکان سے سگریٹ خریدا اور مجھے خدا حافظ کہہ کر واپس چلے گئے۔ میں سائیکل پر سوار ہوا اور گھر کی طرف روانہ ہوگیا۔ سڑک پر بجلی کے کھمبے روشن تھے، لیکن کہر نے ان کی روشنی کو کم کرکے سائے کا سا احساس پیدا کر دیا تھا۔ کبھی کبھار کوئی آدمی گزرتا تو سڑک کی ویرانی کم ہو جاتی اور جیسے

ؔ میرے ہم جماعت، عزیز دوست، مشہور شاعر، ڈرامہ نگار اور نقاد۔

ہی وہ نظروں سے اوجھل ہوتا، سڑک بھائیں بھائیں کرنے لگتی۔ ابھی میں تھوڑی دور ہی گیا ہوں گا کہ میں نے دیکھا مجھ سے بیس پچیس گز کے فاصلے پر کوئی آدمی بید ہاتھ میں لیئے میری طرف آرہا ہے۔ بید اور ہاتھ تو مجھے صاف نظر آرہے تھے، لیکن آدمی صاف نظر نہیں آرہا تھا۔ میں سڑک پر بائیں طرف کو چل رہا تھا اور وہ بید اور ہاتھ اسی طرف سامنے سے آرہا تھا۔ میں نے سائیکل کو اور بائیں طرف کر دیا۔ بید اور ہاتھ بھی اسی طرف کو ہو گئے ——— میں گھبرا گیا اور سائیکل کو جلدی سے ہوسٹل کی طرف موڑ دیا۔ ابھی میں مڑا ہی تھا کہ میں نے محسوس کیا کوئی کیریر کو پکڑ کر سائیکل اپنی طرف کھینچ رہا ہے۔ میں نے آگے بڑھنے کے لئے زور لگایا، لیکن سائیکل ایک انچ آگے نہ بڑھ سکی اور میں دھڑ سے مع سائیکل زمین پر گر پڑا۔ چھُن چھُن چھُن چھُن کی آواز میرے کانوں میں آنے لگی۔ یہ آواز سنتے ہی میں اتنی زور سے چیخا کہ پاس کی کوٹھیوں سے کئی آدمی نکل آئے۔ میں نیم مُردہ حالت میں زمین پر پڑا تھا۔ لوگوں نے مجھے اٹھایا اور حال دریافت کیا۔ مَیں نے مَری ہوئی آواز میں سارا حال بتایا، لیکن وہاں کوئی بھی نہیں تھا۔ ان میں سے ایک نے مجھے پہچان لیا اور بتایا یہ تو خان صاحب کا بیٹا ہے۔ خوف سے میرا بُرا حال تھا۔

وہ آدمی مجھے گھر تک پہنچا آئے۔ میں ایک ہفتہ پلنگ پر پڑا رہا۔ جھاڑ پھونک، تعویذ گنڈے، ڈاکٹر حکیم سب کچھ ہوا۔ رفتہ رفتہ اس خوف کا اثر کسی حد تک کم ہوا۔ اب میں نے مغرب کے بعد گھر سے نکلنا بالکل چھوڑ دیا تھا اور اگر جاتا بھی تھا تو کسی کو اپنے ساتھ لے کر جاتا تھا۔ اندھیرے میں جاتے ہوئے مجھے ڈر لگتا تھا۔ رات کو سوتے سوتے چونک پڑتا تھا۔ چھُن چھُن کی آواز اکثر میرے کانوں میں گونجنے لگتی تھی۔

ایک دن صبح ۸ بجے کلاس تھی۔ مجھے کچھ دیر ہوگئی تھی، اس لئے تیزی سے سائیکل پر جا رہا تھا۔ کالج کے احاطہ میں داخل ہوکر میں نے جلد پہنچنے کے خیال سے پگڈنڈی کا راستہ اختیار کرلیا۔ پیدل آنے جانے والے عام طور پر اسی راستے سے آتے جاتے تھے۔ بائیں طرف ایک املی کا بڑا سا درخت تھا۔ ابھی میں اس درخت سے کچھ فاصلے پر تھا کہ دھم سے ایک آدمی درخت پر سے کُودا۔ اس کے جسم پر سے سَر غائب تھا۔ وہی بید اس کے ہاتھ میں تھی۔ کچھ دور میرے آگے آگے چلا اور پھر غائب ہوگیا۔ میں نے وہیں سے سائیکل موڑ دی اور پکّی سڑک پر آگیا۔ سائیکل اسٹینڈ پر سائیکل کھڑی کی اور سیدھا کلاس میں چلا گیا۔ میرا دل بُری طرح دھڑک رہا تھا۔ میں پسینے سے شرابور تھا اور دماغ بالکل کام نہیں کر رہا تھا۔

اس واقعہ کے دو چار دن بعد کی بات ہے کہ میں کالج لائبریری کی کتابیں واپس کرنے اُوپر کی منزل پر گیا۔ کاؤنٹر کے قریب کھڑا اپنی باری کا انتظار کر رہا تھا کہ میں نے دیکھا ایک بہت ہی بھدّی شکل کا لڑکا میرے پیچھے کھڑا ہے۔ دو کتابیں اس کے اُلٹے ہاتھ میں تھیں اور ـــــ اور وہی بید اس کے سیدھے ہاتھ میں تھی۔ میں بید دیکھ کر ایک دم گھبرا گیا اور بغیر کتابیں واپس کئے جلدی سے نیچے آ گیا۔ پھر یہ حالت ہو گئی کہ میں اکیلا، نہ دن میں، نہ رات میں، کہیں نہ جاتا تھا۔ کالج بھی ایک دوست کے ساتھ جاتا اور ایک کلاس سے دوسری کلاس میں جاتے ہوئے بھی کوئی نہ کوئی میرے ساتھ ہوتا۔ شام کا نکلنا بالکل بند ہو گیا۔ ایک خوف ہر وقت سائے کی طرح میرے ساتھ رہتا۔ اس کے بعد پھر کوئی واقعہ میرے ساتھ پیش نہیں آیا اور دو سال گزر گئے۔ اس عرصے میں میں اس واقعہ کو بڑی حد تک بھول چکا تھا۔ ایک دن رات کو دس بجے کے قریب میرے ہم جماعت اور عزیز دوست انور عالم صدیقی[1] آئے اور کہنے لگے کہ "رات زیادہ ہو گئی ہے سینما سے آ رہا ہوں۔ اگر اکیلا جاؤں گا تو والد صاحب ناراض ہوں گے۔ تم ساتھ چلو، یہ بہانہ بنائیں گے کہ

---

[1] میرے ہم جماعت، عزیز دوست، شاعر و تبصرہ نگار، جو راولپنڈی میں رہتے ہیں۔

میں تمہارے ہاں تھا اور ساتھ پڑھ رہا تھا"۔ ہم دونوں سائیکل پر بیٹھ کر چلے۔ انور کو اس کے گھر چھوڑا اور تھوڑی دیر بیٹھ کر واپس چلا آیا۔ گھر کے قریب پہنچا تو پہلے ایک پہیّے کی ہوا نکل گئی اور پھر فوراً ہی دوسرے پہیّے کی ہوا بھی نکل گئی۔ میں جلدی سے سائیکل پر سے اترا اور سائیکل کو ہاتھ میں پکڑ کر گھر کی طرف چلنے لگا۔ میں نے محسوس کیا کہ کسی نے میری سائیکل کو مضبوطی سے پکڑ لیا ہے۔ میں نے اسے آگے بڑھانے کی بہت کوشش کی، مگر ناکام رہا۔ کچھ دیر بعد مجھے اندازہ ہوا کہ اب سائیکل گرفت سے آزاد ہے اور آگے بڑھ سکتی ہے۔ میں نے سائیکل کو جیسے ہی آگے بڑھایا اتنے میں کسی نے بید کی موٹھ میری گردن میں ڈال کر مجھے اپنی طرف کھینچنا شروع کر دیا۔ میں زور زور سے چیخنے لگا۔ میری چیخیں سُن کر آس پاس کے لوگ باہر نکل آئے۔ لوگوں کے آتے ہی بید میری گردن سے ہٹ گئی۔ میں چکرا کر زمین پر گر پڑا۔ لوگوں نے سہارا دے کر مجھے اٹھایا اور گھر تک پہنچا دیا۔ اس دن کے بعد سے میں نے وہ کمرہ چھوڑ دیا۔ اوپر کی منزل پر اپنے دوسرے بھائیوں کے ساتھ رہنے لگا۔ یہ وہ زمانہ تھا کہ پاکستان کا اعلان ہو چکا تھا اور ہندو مُسلم فسادات کی آگ پورے ملک میں بھڑک رہی تھی۔

اگست ۱۹۴۷ء میں مَیں پاکستان آگیا اور تقریباً دو سال بعد ۱۹۴۹ء میں شاہد احمد دہلوی[1] ایڈیٹر "ساقی" سے میری ملاقات کراچی میں ہوئی اور رفتہ رفتہ میرے تعلقات ان سے اتنے بڑھے کہ یا تو وہ روزانہ میرے ہاں آتے یا میں ان کے ہاں جاتا۔ ہم دونوں ایک دوسرے سے تھوڑے سے فاصلے پر۔ پیر الٰہی بخش کالونی کراچی میں رہتے تھے۔ شاہد احمد دہلوی کے دو محبوب مشغلے تھے۔ ایک ادب اور دوسرا موسیقی۔ مہینے میں ایک آدھ بار ان کے ہاں گانے کی بڑی محفل جمتی۔ ہفتہ کا دن تھا اور شاہد صاحب کے ہاں استاد چاند خاں[2] کے اعزاز میں دعوت تھی اور اس کے بعد گانا بجانا۔ رات کے تین بجے کے قریب محفل ختم ہوئی اور ہم سب لوگ رخصت ہو کر گھر سے باہر آئے، تو ان کے گھر کے سامنے برگد کے بہت بڑے اور پرانے درخت پر لاکھوں کی تعداد میں جگنو چمک رہے تھے۔ یہ منظر دیکھ کر سب بہت خوش ہوئے۔ دوسرے دن شام کو جب میں شاہد صاحب کے ہاں گیا، تو میں نے دیکھا کہ برگد کا سارا پیڑ جل کر کوئلہ بن گیا ہے اور صرف تنا اور چند ٹنڈ منڈ شاخیں باقی رہ گئی ہیں۔ شاہد احمد دہلوی نے بتایا کہ ہمیں تو معلوم ہی نہیں

ص ۱ میرے عزیز دوست اور بزرگ مشہور ادیب اور ایڈیٹر ساقی جنہوں نے ۱۹۶۷ء میں کراچی میں وفات پائی۔
ص ۲ شاہد احمد دہلوی کے استاد مشہور موسیقار۔

ہوا کہ اس درخت میں آگ کب اور کیسے لگی اور کیسے بجھی۔ صبح کو جب ہم سو کر اٹھے اور گھروں سے باہر نکلے، تو درخت کوئلہ بنا کھڑا تھا۔ برسوں اس درخت کی یہی حالت رہی۔ پھر یہ دوبارہ پھوٹا اور پہلے برگد کے مقابلے میں دسواں حصّہ آج بھی شاہد احمد دہلوی کے گھر کے سامنے موجود ہے، جس کے سائے میں اکثر لوگ گرمیوں کی دوپہر میں پلنگ ڈال کر سوتے یا لیٹے رہتے ہیں۔ ایک دن دوپہر کے وقت میں شاہد صاحب کے گھر سے واپس آ رہا تھا کہ دیکھا اسی برگد پر ایک آدمی پیر لٹکائے بیٹھا ہے۔ سر اٹھا کر اوپر دیکھا تو جسم سے سر غائب تھا اور —— اور میری حیرت کی کوئی انتہا نہیں رہی کہ وہی بید برابر کی شاخ پر لٹکی ہوئی تھی۔ میں جلدی سے شاہد صاحب کے گھر واپس آیا اور شاہد صاحب کو کھڑکی میں سے بغیر سر کے آدمی اور لٹکی ہوئی بید کو دکھایا۔ وہ پیر لٹکائے اسی طرح بیٹھا تھا۔ اسے دیکھ کر شاہد صاحب بھی خوف زدہ ہو گئے۔ پھر ہم دونوں باہر آئے، لیکن وہاں نہ وہ آدمی تھا اور نہ بید۔ شاہد صاحب نے اس واقعہ کا ذکر اپنے بیوی بچّوں سے اس لئے نہیں کیا کہ وہ گھر سے نکلتے ہوئے ڈرنے لگیں گے اور اشرف صبوحی صاحب کے بھائی وصی اشرف صاحب سے سارے گھر کو

کِلوا دیا[1]۔

ایک دن شاہ صاحب نے بتایا کہ رات کو تین بجے کے قریب اس درخت سے عجیب و غریب ڈرلوتی آوازیں آتی رہی ہیں، جیسے کوئی کسی کا گلا گھونٹ رہا ہو۔ جیسے دو آدمی ایک دوسرے کو قتل کرنا چاہتے ہوں۔ ایک بھاگ دوڑ سی سارے درخت پر ہوتی رہی ہے۔ سارا درخت چرچراتا رہا ہے۔ ان آوازوں کو سُن کر محلّے والے گھروں سے باہر نکل آئے۔ چاروں طرف اندھیرا تھا۔ گلیوں میں روشنی نہیں تھی۔ اماوس[2] کی رات تھی۔ ٹارچ سے درخت پر روشنی ڈالی، لیکن درخت اسی طرح چرچراتا رہا۔ اسی طرح آوازیں آتی رہیں، لیکن نظر کچھ نہ آیا۔ کچھ دیر بعد وہ آوازیں بند ہو گئیں۔ اس واقعہ نے سارے محلہ کو دہشت زدہ کر دیا۔

اس واقعہ کے کئی سال بعد میں کھانا کھا کر ٹہلنے کے لئے نکلا۔ اب میں اپنے بھائی ڈاکٹر عقیل کے ساتھ شمالی ناظم آباد میں رہتا تھا۔ ٹہلتے ٹہلتے پُل کے پاس پہنچا اور وہاں سے اقبال ٹاؤن جانے والی سڑک کے فٹ پاتھ پر ہو لیا۔

---

[1] آیات پڑھ کر کچھ کیلیں لگا دی جاتی ہیں تاکہ گھر بدروحوں سے محفوظ رہے۔

[2] چاند کے مہینے کی آخری رات۔ سیاہ رات۔

کچھ دور چلا ہوں گا کہ ایک پتھر میرے سامنے آکر گرا۔ میں نے مڑ کر دیکھا تو وہاں کوئی بھی نہ تھا۔ میں سمجھا کہ کسی بچے نے پتھر پھینکا ہوگا جو اتفاق سے یہاں آکر گرا ہے۔ ابھی میں دو چار قدم ہی چلا ہوں گا کہ ایک اور پتھر پہلے سے بھی زیادہ قریب میرے سامنے آکر گرا۔ میں نے پھر مڑ کر دیکھا۔ مجھے دائیں بائیں آگے پیچھے کوئی نظر نہیں آیا۔ میں پھر آگے بڑھا۔ اب ایک پتھر اور آکر گرا۔ اس کے بعد پتھر آنے کی رفتار بڑھ گئی۔ میں تیزی سے آگے کی طرف بھاگا۔ پتھر پیچھے کی طرف سے آرہے تھے۔ چند سو گز چلنے کے بعد بائیں طرف کی سڑک پر مڑ گیا جس پر ابنِ انشاؔ[1] رہتے ہیں۔ ان کے گھر پہنچا۔ دروازے کو دستک دی کہ اتنے میں ایک اور پتھر میرے قریب آکر گرا اور پھر جتنی دیر میں ان کے گھر میں سے کوئی آکر دیکھتا کہ کون آیا ہے، پتھر میرے قریب آ آکر گرتے رہے۔ اتنے میں دروازہ کھلا اور ابن انشا باہر نکلے اور مجھے اندر لے گئے۔ بہت دیر ان سے باتیں کرتا رہا اور پھر جب وہ مجھے چھوڑنے دروازے پر آئے، تو میں نے ان سے کہا کہ بھئی انشاؔ ذرا پل تک میرے ساتھ چلیے۔ ابن انشاؔ پل تک میرے

[1] مشہور کالم نویس، مزاح نگار و شاعر جو ۱۹۷۸ء میں وفات پا گئے۔

ساتھ آئے اور پھر خدا حافظ کہہ کر واپس چلے گئے۔ میں بڑی سڑک سے چل کر اپنے گھر واپس آگیا۔ دو تین دن کے بعد اخباروں میں پڑھا کہ کئی رات سے ابن انشا کے گھر پر پتھر آ رہے ہیں۔ پولیس کی ساری کوششیں ناکام ہو گئی ہیں۔ یہ معلوم نہیں ہو سکا کہ پتھر کون پھینک رہا ہے۔ پتھر کہاں سے آ رہے ہیں اور کیوں آ رہے ہیں۔ تقریباً ایک ہفتہ تک اخباروں میں اس عجیب و غریب حیرت ناک واقعہ کا چرچا رہا اور پتھر اسی طرح مسلسل آتے رہے، پھر خود ہی اچانک بند ہو گئے۔ اس واقعہ سے ابن انشا کے دل پر کیا گزری، وہ جانتے ہوں گے، میں خاصا پریشان ہوا۔

تین سال پہلے کی بات ہے۔ میں اور میری بیوی رات کو بارہ بجے کے قریب سینما سے واپس ہوئے۔ بھوک سخت لگی ہوئی تھی۔ سوچا کہ کھانا باہر ہی کھا لیا جائے۔ بندر روڈ کراچی پر ہوٹل شیراز گئے جو رات کے دو بجے تک کھلا رہتا ہے اور کار میں بیٹھے بیٹھے ہی کھانا کھانے لگے۔ کھانے کے دوران فقیر پہ فقیر آتے رہے۔ ابھی ہم ہاتھ دھو رہے تھے کہ ایک آدمی، جو سامنے کی دکان کی سیڑھیوں پر گردن جھکائے خاموش بیٹھا تھا، ہمارے پاس آیا اور میری بیوی سے مخاطب ہو کر کہنے لگا۔

۳۸

"بیگم صاحب! میں بہت غریب آدمی ہوں۔ فقیر نہیں ہوں حالات کا مارا ہوا ہوں۔ میں بھیک نہیں مانگتا۔ آپ مجھ سے یہ خرید لیجئے۔" یہ کہہ کر اس نے بید میری بیوی کی طرف بڑھا دی۔ میں نے بید دیکھی تو سناٹے میں آگیا۔ میں نے بیوی سے کہا کہ اسے دس روپے دے دو۔ بیوی نے مجھے گھور کر دیکھا۔ میں نے پھر اصرار کیا کہ اسے دس روپے دے دو۔ جلدی سے۔ بیوی نے اسے دس روپے دے دئے اور بید کو پیچھے کی سیٹ پر ڈال دیا۔ بل ادا کر کے ہم فوراً وہاں سے چل دیئے۔ مجھے ہر دم یہ خیال ستا رہا تھا کہ یہ بید پھر کہیں اور کوئی نئی مصیبت نہ لائے۔ کہیں انگڑائی لے کر جاگ نہ جائے اور ہم پر حملہ نہ کر دے۔ راستے میں میری بیوی مجھ سے سوال پر سوال کرتی رہیں۔ میں خاموش تھا۔ میں نے جھلا کر صرف اتنا کہا "خدا کے واسطے چپ ہو جاؤ۔ میں گھر چل کر بتاؤں گا۔" گذشتہ پچیس سال کے واقعات ایک ایک کر کے میرے سامنے آ رہے تھے اور خوف مجھے اپنی لپیٹ میں لے کر پسینے کی شکل میں پیشانی سے بہہ رہا تھا۔

اس کے بعد پھر کوئی واقعہ میرے ساتھ پیش نہیں آیا۔ وہ بید آج بھی میرے پاس محفوظ ہے لیکن اسے استعمال

کرنے کی میں نے آج تک ہمت نہیں کی ہے۔ ایک بڑے صندوق میں لحافوں کے نیچے برسوں سے دبی پڑی ہے۔ اب "بھیّا" بھی اِس دنیا میں نہیں ہیں کہ یہ بید میں ان کو واپس کر دوں کہ ان کے باپ کی نشانی تھی اور جو مرتے دم تک چچا میاں سے اس بید کے کھو جانے کی وجہ سے ناراض رہے۔